Couverture inférieure manquante

LES COUV. SUP. ET INF. SONT RELIEES
A LA FIN DU VOLUME

DU N° 177

LE TRÉSOR D'ARLATAN

ŒUVRES COMPLÈTES

FAYARD FRÈRES, ÉDITEURS

ALPHONSE DAUDET

ŒUVRES COMPLÈTES

Le Trésor d'Arlatan

ÉPIGRAPHE

EN CAMARGUE,

Coumo fai bon quand lou mistrau
Pico la porto emé si bano
Estre soulet dins la cabano
Tout soulet coumo un mas de Crau.

E vèire pèr un pichot trau
Alit bèn liuen, dins lis engano
Lusi la palun de Girau ;

E rèn ausi que lou mistrau
Picant la porto emé si bano,
Enterin pièi quauqui campano
Di rosso de la Tour-dou-Brau.

Comme il fait bon quand le mistral — pique la porte avec ses cornes — être tout seul dans la cabane, — tout seul comme une ferme de Crau.

Et voir par un petit trou, — là-bas, bien loin dans les salicornes, — luire le marais de Giraud.

Et ne rien entendre que le mistral — piquant la porte avec ses cornes, — puis entre temps quelques sonnailles — des cavales de la Tour-du-Brau.

CHAPITRE PREMIER

MONSIEUR HENRI DANJOU,

PARIS.

Au reçu de votre lettre, mon cher enfant, le vieux Tim a flambé de joie comme un feu de la Saint-Jean. Oui, si ce que vous dites est vrai, si sérieusement vous voulez en finir avec Madeleine Ogé, vite, votre malle, et arrivez-moi ; j'ai ce qu'il vous faut. Non pas ici, dans les pins de Montmajour. Pour l'expérience que vous tentez, l'endroit n'est pas assez sauvage ; je reçois des revues, des journaux où vous trouveriez le nom de votre diva et le détail de ses prouesses, sans compter qu'elle adore le Midi et serait bien capable, vous devinant à Montmajour, de venir jouer *Madame Camargo* ou *la Périchole* au théâtre d'Arles, comme il y a dix ans. De Montmajour, quand le ciel est clair, nous entendons chanter les filles d'Arles. La voix de Madeleine vous arriverait encore plus sûrement, mon pauvre Franciot (1), et vous seriez rebouclé tout de suite. Aussi, le refuge que je vous offre est-il un coin bien autrement perdu et loin de tout, où les périodiques n'arrivent pas, où il n'y a pas de vitrine pour les photographies des jolies actrices, et dont voici le très exact itinéraire :

Arrivé en Arles par le train de Paris, le train de nuit, vous

1. Franciot, Franciman, dénomination provençale du Français du Nord.

gagnez le quai du Rhône, seul vivant à cette heure matinale. Le bateau à vapeur qui fait le service de la Camargue chauffe au bas des marches. Six heures, on embarque. Avec la triple vitesse du courant, de l'hélice et du mistral, se déroulent les deux rivages. A gauche, la Crau, une plaine aride, pétrée ; en face, la Camargue prolongeant jusqu'à la mer son immense delta de moissons, d'herbe courte et de marécages. De temps en temps, sur bâbord, ou tribord, vers Empire ou vers Royaume pour parler comme nos mariniers du Rhône, le bateau s'arrête à quelque ponton, débarque des tâcherons chargés d'outils, des filles de journée, le panier au bras, sous leurs longues mantes brunes. A la quatrième ou cinquième escale en rive de Camargue, quand vous entendrez appeler le mas de Giraud, descendez.

Devant la vieille ferme provençale des marquis de Barbentane, avec son large banc de pierre et son auvent de cannes sèches, la carriole de Charlon vous attendra. Vous vous rappelez Charlon, le fils aîné de Mitifio, notre vieux garde de Montmajour, qui vous a mis en main votre première carabine ? Aujourd'hui, Mitifio, rongé de rhumatismes comme son maître, ne peut plus entrer dans ses houseaux sans d'horrifiques grimaces ; et c'est à son fils que j'ai confié la garde de ces giboyeux étangs de Camargue, dont je vous ai souvent parlé. Charlon, prévenu de votre arrivée, doit vous conduire à la Cabane, notre rendez-vous de chasse, et vous installer. Logé à deux ou trois cents mètres de vous, il sera jour et nuit à vos ordres et fournira votre table de gibier et de poisson, que la belle Naïs vous cuisinera à la camarguaise.

Cette Naïs, devenue la femme de Charlon, vous l'avez fait danser à votre dernier voyage à Montmajour, il y a cinq ou six ans ; c'est la fille d'un de nos ménagers en terre de Crau, et je me souviens de vos cris d'admiration, un dimanche de ferrade, de course de taureaux, en la voyant arriver à cheval dans le rond, des fers au poing, ses beaux cheveux roux tordus sous sa petite coiffe d'Arles. Vous serez sans doute bien aise de la revoir. A part le ménage Charlon, pas un voisin, pas une âme ; il y a bien un gardien de chevaux, logé vers l'étang du Vacarès, mais le Vacarès est à une bonne lieue de la Cabane, et d'ailleurs, chez ce gardien, pas plus que près de Naïs et de Charlon, vous n'entendrez jamais prononcer le nom de Madeloine, personne ne vous parlera d'elle, rien ne vous rappellera son image. Moi-même, je n'irai vous voir que si vous me faites signe; il faut que l'expérimentation soit complète.

Entre nous, mon cher petit, je n'ai qu'une demi-confiance dans ce traitement par la solitude et l'oubli. N'est-ce pas au désert que Jésus fut le plus violemment tenté et tourmenté ? Aussi, munissez-vous, même là-bas, de vouloir et de fermeté; et si vous sentez venir le péril, faites comme les bœufs en Camargue, les jours d'ouragan. Ils se serrent entre eux, toutes les têtes baissées et tournées du côté de la bise. Nos bergers provençaux appellent cette manœuvre : *vira la bano au gisclo,* tourner la corne *au gicle,* à l'embrun. Je vous la recommande, la manœuvre.

T. DE LOGERET.

Avis. — On manque de tout, à la Cabane. Un cornet de poivre à se procurer est une aussi grosse affaire que pour Robinson Crusoé un voyage à son navire. Apportez bougies, sucre, thé, café, conserves ; et pardon pour ces détails bourgeois en si grave et sentimentale occurrence.

CHAPITRE II

A la porte du mas de Giraud, l'homme attendait avec sa carriole. Danjou eut quelque peine à reconnaître le fils de Mitifio dans cette figure en lame de sabre, ces traits creusés, vieillis.

« Tu as été malade, Charlon ? lui demandait-il pendant qu'ils marchaient tous deux derrière la carriole aux bagages et s'enfonçaient dans le bas pays.

— Malade, moi ?... Jamais, monsieur Henri. Seulement, chaque année, aux grosses chaleurs, tous ces clars (1), toutes ces roubines (2) que vous voyez frétiller et reluire comme de l'argent-vif, tout ça devient de la vraie pourriture, et rien que pour tirer un halbran, on est sûr de rentrer avec la fièvre. C'est ça qui vous travaille la peau ! »

Ici, Charlon cligna vers l'élégant Franciot à barbe de reître son petit œil jaune de trappeur fait aux affûts de terre et d'eau : « Mais, vous-même, monsieur Henri, il me semble que vos joues ont coulé... Pourtant, vous n'avez pas nos fièvres de marécage, à Paris.

— Si fait... et des fièvres très mauvaises; je viens en Camargue pour essayer de m'en guérir. »

Danjou avait parlé sérieusement. Le paysan lui répondit sur le même ton de gravité : « C'est vrai que, dans cette saison, notre pays est tout ce qu'il y a de plus sain. »

Les terres du mas de Giraud dépassées depuis un moment, ils arrivaient en pleine Camargue sauvage. C'était une ligne

(1) Etangs.
(2) Canaux d'irrigation.

uniforme, indéfiniment prolongée, coupée d'étangs et de canaux, étincelants dans la blondeur des salicornes. Pas d'arbres hauts; des bouquets de tamaris et de roseaux, comme des îlots sur une mer calme. Çà et là des parcs de bestiaux étendant leurs toits bas presque au ras de terre ; des troupeaux dispersés, couchés dans l'herbe saline, ou cheminant serrés autour de la grande roulière du berger.

Pour animer le décor, la lumière d'une belle journée d'hiver méridional, le mistral qui soufflait de haut, fouettant et brisant un large soleil rouge, faisant courir de longues ombres sur un ciel bleu admirable,

« Et ta femme, la belle Naïs? tu ne m'en parles pas, Charlon?... »

Sous son feutre sans couleur déformé par tous les temps, le garde fronça d'épais sourcils :

« C'est celle-là que les fièvres ont changée. Elle les a autant dire d'un bout de l'année à l'autre... Ainsi, en plein hiver comme nous sommes, hier matin son accès l'a reprise, et depuis deux jours, elle ne fait que grelotter... cla... cla... Ah ! la belle Naïs, que vous avez fait danser tout un soir, à la vote de Montmajour ; celle qui s'en croyait tant, de tourner à votre bras et d'entendre dire autour d'elle : « *vé*, comme ils sont galants... » celle-là, ma pauvre femme ne lui semble plus guère, et ce n'est pas moi qui m'en plaindrai. Je l'aime mieux moins belle et toute pour moi seul. »

Ce fut dit d'un accent de sincérité et de colère dont le Franciot resta saisi : « Tu es jaloux, Charlon ? » et avec ce besoin si humain de tout ramener à nos propres misères : « Que serais-tu devenu, alors, si tu avais pour femme une actrice, une chanteuse, obligée de se déshabiller tous les soirs pour le public, de montrer ses bras, ses épaules?... »

Les prunelles du garde étincelèrent :

« Ce n'est pas des métiers pour nos femmes, ça, monsieur Henri ; je ne saurais donc quoi vous en dire. Seulement je me rappelle qu'un soir, en Arles, je suis entré dans un café chantant, où il y avait une de ces dames du théâtre, tirant un peu vers Naïs comme ressemblance. Un moment elle a fait la quête après avoir chanté, et de la voir passer contre ma veste rude, avec toute sa peau qui luisait sous les lumières, l'idée que ça pouvait être ma femme m'a traversé, en même temps qu'une envie de pleurer, de crier, quelque chose que je ne peux pas rendre... J'ai été obligé de sortir, je crois que je l'aurais étranglée. »

Il y eut un instant de silence.

Danjou, songeant à la belle impudeur de certaines femmes de théâtre, revoyait la loge de Madeleine, aux Délassements, l'actrice se déshabillant à l'entr'acte devant n'importe quel petit scribouillon qu'elle appelait « mon auteur », pendant que l'amant se dévorait, obligé de sourire, de passer des épingles à l'habilleuse avec des mains pleines de rage jalouse et d'envie de massacrer.

On arrivait à la Cabane, heureusement ; et l'installation, le déjeuner rustique devant un grand feu clair de pieds de vigne et de tamaris, rejetaient bien loin toutes ces infamies. Tandis que Charlon, lambin à table comme tous les paysans, finissait d'émietter son fromage de *cacha* à la pointe du couteau, Henri Danjou inspectait ce singulier pavillon de chasse, type de la maison camarguaise, qui allait lui servir de sanatorium. L'unique pièce, vaste, haute, sans fenêtre, au toit, aux murs de roseaux desséchés et jaunis, prenait jour sur l'immense plaine par une porte vitrée qu'on fermait le soir, avec de grands volets. Tout le long des murs crépis, blanchis à la chaux, pendaient des fusils, des carniers, des bottes de marais. Sur la haute cheminée de campagne, où s'accrochait le *caleil*, la petite lampe de cuivre à forme antique, quelques volumes dépareillés de la bibliothèque néo-provençale traînaient parmi de vieilles pipes et des paquets de férigoule desséchée, *Mireille* et *les Iles d'or*, de Mistral, *la Grenade entr'ouverte*, d'Aubanel, *la Farandole*, d'Anselme Mathieu, *les Margueridettes*, de Roumanille. Au milieu de la pièce, un mât, un vrai mât, planté au sol, montait jusqu'au toit en pointe auquel il servait d'appui ; et, dans le fond, deux grands lits-berceaux étaient alignés contre le mur, abrités d'un rideau d'indienne bleue.

En face de la Cabane s'entrevoyait la maison du garde, derrière un bouquet de roseaux d'Espagne. Un peu de fumée montait du toit, juste à moment.

« C'est Naïs qui est en train de se faire une eau bouillie, pecaïre! » soupira Charlon, la bouche pleine, dans un apitoiement égoïste et naïf. Danjou demanda : « Mais, puisqu'elle est malade, qui donc nous avait dressé ce joli couvert?

— La petite, pardi!... celle qui vous servira votre dîner ce soir.

— Quelle petite?

— Zia, la sœur de Naïs, qui est venue passer quelque temps avec nous. C'est vif, c'est avenant, ça vous a déjà un biais de ménagère. Dommage qu'elle va retourner chez les grands-parents, pour faire son *bon jour*, sa première communion, comme vous dites dans le Nord. »

Voyant que le Franciot, l'inventaire fait de l'habitacle, s'apprêtait à sortir, il se leva vivement, prêt à le suivre, selon les ordres du maître. Mais Danjou ne voulut pas :

« Merci, merci, Charlon... Va plutôt remiser ton cheval qui s'ennuie, depuis une heure, à brouter l'herbe devant la porte. Moi, je file, jusqu'à ce soir. »

A perte de vue, autour de la Cabane, s'étalait un gramen ras et fin, criblé de petites fleurs d'hiver, qu'on ne rencontre qu'en Camargue, et dont quelques-unes, comme les saladelles, changent de couleur à chaque saison. Après une heure de marche sur ce gazon velouté, élastique, où de rares arbustes, apparus de loin en loin, gardaient l'empreinte du mistral et restaient tordus, couchés vers le sud, dans l'attitude d'une fuite perpétuelle, le Parisien se trouva devant l'étang du Vacarès, deux lieues d'eau, sans une barque, sans une voile, deux lieues de vagues rayonnantes et d'un doux clapotis attirant des bandes de macreuses, de hérons, des flamants aux ailes roses, parfois même des ibis, de vrais ibis d'Egypte, bien chez eux dans ce soleil splendide et ce paysage muet. Surtout, ce qui se dégageait pour lui de cette solitude, c'était une impression d'apaisement, de sécurité, qu'il éprouvait pour la première fois depuis son départ de Paris.

Ah! la joie d'oublier, de ne plus penser, du moins ne plus penser à cette femme, ne plus se dire : « Cinq heures, la répétition est finie. Va-t-elle revenir tout droit du théâtre, ou si elle s'arrêtera au Suède, avec ses hideux cabots? » Comme tout cela lui semblait loin, en ce moment; comme il se sentait abrité, défendu par cet espace infini d'horizons bleus et de ciel ouvert!

A mesure que le soleil descendait lentement sur l'eau, le vent s'apaisait. On n'entendait que le léger déferlis des vagues et la voix d'un gardien de chevaux rappelant son troupeau dispersé au bord de l'étang : « Lucifer!... l'Estelle!... l'Esterel!... » A l'appel de son nom, chaque bête accourait, la crinière au vent, et venait manger l'avoine dans la main du gaucho qui, descendu de cheval, sa veste de futaine sur l'épaule, de grands houseaux montant par-dessus le genou, s'accotait à la lourde selle en lisant un petit livre à couverture rose. C'était si beau, sous le soleil tombant, toutes ces crinières envolées et le geste majestueusement distrait de ce gardien distribuant l'avoine qu'il tirait d'une cartouchière de cuir, sans se détourner de sa lecture!

Danjou s'approcha, curieux, de l'homme et de son livre :

« Ce que vous lisez là doit être bien intéressant? »

Une tête assyrienne, aux grands traits corrects, à la barbe longue et grisonnante sur un teint de vieil ivoire tout carrelé de petites rides, se releva et prononça d'une voix rauque, d'un ton satisfait, zézayant entre des dents blanches et luisantes comme des amandes :

« Très intéressant, en effet, mon cér ami... Ça s'appelle... attendez un peu que je regarde... ça s'appelle... l'*Anti-Glaireux.* »

Voilà ce qu'il lisait, dans ce cadre grandiose, avec cette pose de héros; une de ces notices qui entourent les fioles pharmaceutiques... l'*Anti-Glaireux!*... Et pour achever d'éblouir le monsieur de Paris, il ajouta :

« J'en ai une provision, de ces broçurettes... Je les ai achetées à la vente d'un apothicaire de la Tour-Saint-Louis. Tout ça fait partie de mon trésor... le trésor d'Arlatan, fameux dans toute la Camargue... Si vous me venez voir un jour, je vous le montrerai. Ma cabane est là, dans ce creux..., Bonnes vêpres, mon cér garçon.

— Bonsoir, maître Arlatan. »

Le retour, dans le crépuscule, fut exquis. En se hâtant vers la Cabane, Danjou entendit encore un moment la voix de l'anti-glaireux qui ralliait ses chevaux pour la nuit, puis ce bruit fit place à un piétinement immense, pareil à de la pluie.

Des milliers de moutons, rappelés par les bergers, harcelés par les chiens, se pressaient du côté des parcs. Il se sentait envahi, frôlé, confondu dans ce tourbillon de laines frisées, de bêlements, une houle véritable qui semblait porter les bergers avec leur ombre. Un moment après, un long triangle de canards passa volant très bas, sur le ciel assombri, comme s'ils voulaient prendre terre. Soudain, celui qui tenait la tête de la colonne dressa le cou, remonta avec un cri sauvage, et toute la troupe derrière lui.

C'est la porte de la Cabane, invisible jusqu'alors, qui venait de s'ouvrir, découpant sur la plaine un grand carré de lumière flamboyante ; en même temps se montrait une longue et souple silhouette d'Arlésienne, mante brune et petit bonnet, allant du côté des Charlon et frôlant dans le noir le Franciot qui crut reconnaître son ancienne danseuse de Montmajour :

« Bonsoir, Naïs... »

Un rire étouffé fut l'unique réponse de la jeune femme, magiquement évanouie parmi l'ombre environnant.

Dedans, la table était mise pour un seul, la lampe et le feu allumés ; et pendant qu'une odorante soupe d'anguille aux herbes fumait sur la nappe, entre un fiasque de piquette rose et une couronne de pain très blanc, deux ou trois petits plats couverts, en train de mijoter devant la cendre chaude, à côté d'assiettes de rechange en terre jaune, disaient à la bonne franquette : « Voilà le dîner, servez-vous. » Dans cet énorme espace noir, ce couvert mis, cette cabane déserte et allumée, c'était charmant de mystère et d'inattendu.

Il mangea de meilleur appétit encore que le matin, un volume de Mistral près de lui, sur la table, mais ne le lisant guère, hypnotisé par le grand silence de l'ombre alentour et les bruits qui, par instant, la traversaient. Tantôt un vol de grues filant au-dessus de la cabane, avec le froissement des plumes dans l'air vif, le craquelis des ailes surmenées, gonflées comme des voiles. Tantôt une note triste qui passait et roulait au fond du ciel, en ronflement de conque marine. Sa porte ouverte, il cherchait à définir quel pouvait être cet étrange cri, quand le garde-chasse parut, précédé des ronds lumineux et sautillants d'une grosse lanterne.

« Ça, monsieur Henri, c'est le *bitor*, que nous disons... il pêche avec un grand bec qui fait ce roulement au fond de l'eau... rrrooou... C'est un joli coup de fusil, et fricoté par Naïs, en daube, ça ne sent pas trop le palun.

— Ta femme est une maîtresse cuisinière, Charlon; seulement pourquoi ne reconnaît-elle pas ses vieux amis?

— Mais, monsieur, ce n'est pas Naïs que vous avez rencontrée, c'est Zia, qui est aussi grandette que sa sœur, quoiqu'elle n'ait guère plus de quinze ans.

— Quinze ans, Zia? Et elle n'a pas fait sa première communion encore? »

Charlon ne répondit pas. Sa lanterne venait de s'éteindre sous un coup de vent du Sud qui s'était levé brusquement. Ils rentrèrent dans la Cabane et, courbés vers le feu, fumaient leurs pipes sans parler, quand le garde reprit d'une voix triste :

« Ah! ce qui se passe dans les têtes de ces petites chattes... celle-là, voilà trois fois qu'au moment de faire son bon jour, M. le curé la remet à une autre année... Pourtant, elle a toute l'instruction qu'il faut. Son catéchisme, elle le récite sur le bout du doigt. Et puis, une brave enfant, de toute manière... Pas moins, il y a quelque chose qui ne va pas, puisque notre capelan, qui est le meilleur des hommes... Naïs et moi, nous ne savons que penser. »

Il se leva pour jeter une souche dans le feu qui s'endormait, et tout de suite, à la rose montée de la flamme, ses idées se rassérénèrent. Sûrement ils allaient en finir avec cette méchante histoire. Le temps de la communion approchait, et la petite n'ayant pas bougé de chez eux depuis la maladie de Naïs, ça lui avait servi de retraite. Là-haut, à Montmajour, on était trop près de la ville et de ses tentations, magasins à glaces et à dorures, étalages de dentelles, de bijoux et de nœuds de velours, tout ce dont le diable se sert pour détourner les fillettes, tandis qu'en Camargue...

« Oh! en Camargue, c'est bien simple, interrompit Danjou en riant... Comme tentation de l'enfer et miroir aux alouettes, je ne vois que le trésor de... comment s'appelle-t-il?... le trésor d'Arlatan.

— Vous connaissez Arlatan? » demanda Charlon étonné; et devant cette irrévérence du Franciot parlant ainsi d'une des gloires de la contrée, il crut devoir lui raconter la vie et les triomphes du gardien, d'abord comme toucheur de bœufs, chef d'une manade renommée dans toutes les *votes* de Provence, jusque dans les arènes d'Arles et de Nîmes... Tombé malade par suite de fatigues et d'excès, Arlatan s'était fait gardien de chevaux, métier moins dur et moins dangereux, et soignant ses douleurs avec des herbes, des pommades de son invention, il avait acquis par toute la Camargue, de Trinquetaille à Faraman, une grande célébrité de *mège* guérisseur, surtout pour les fièvres et rhumatismes. Était-ce bien mérité? Charlon n'avait pas assez de science pour le dire...

« Ce que je puis certifier, conclut le mari de Naïs en rallumant son falot pour le retour, c'est qu'aux halbrans de l'an passé, j'avais pris les fièvres sur Chartrouse et qu'il m'a guéri en deux séances et un pot de son baume vert.

— Alors, pourquoi ne lui envoies-tu pas ta femme?

— Naïs n'en veut à aucun prix; elle a horreur de cet homme comme d'une salamandre ou d'une rate-pennade. Il n'a pourtant rien de déplaisant... même ç'a été, dans sa jeunesse, un garçon superbe... Je me rappelle, tout petit, lorsque j'allais voir en rive de la mer les hommes qui joutaient à forcer les perdreaux à la course, entre ces dix grands gaillards alignés, tout nus, tout noirs, sanglés d'une courroie de cuir, c'est lui que les femmes regardaient... Et quand il se montrait dans les ferrades, il n'y en avait que pour le beau brun, comme on lui disait... jusqu'à des dames de la ville qui couraient après... Naïs, elle, non seulement ne veut pas aller le voir, mais quand il vient chez nous, elle se cache et elle a défendu à Zia de s'approcher de sa cabane... Là-dessus, monsieur Henri, je crois qu'il faut s'aller mettre à la paille. Voilà le vent du Sud qui souffle en tempête; dans une heure, vous entendrez bramer la vache de Faraman.

— Qu'est-ce que c'est que cette vache-là, Charlon?

— C'est la mer, monsieur Henri. Lorsque le vent donne en face de nous, sur les sables de Faraman, elle pousse une bramée si forte que dans notre pays de manade nous l'avons ainsi surnommée. »

De toute la nuit, en effet, la vache de Faraman n'arrêta pas. Les roseaux criaient, la Cabane craquait de partout; avec la mer lointaine et le vent qui la rapprochait, portait son bruit en l'enflant, Danjou, incapable de dormir, pouvait se croire dans une chambre de bateau. Madeleine, malheureusement, s'y trouvait avec lui. Jusqu'au matin, les yeux ouverts dans l'ombre, il revécut heure par heure l'ignoble roman de leur rupture; cette Ogé encore en scène, lui couché sur le divan de la loge, attendant sa maîtresse en face d'une grande glace de toilette dans laquelle il voyait tout à coup Armand, le beau baryton, voisin de couloir de la chanteuse, entrer demi-vêtu, ruisselant de cold-cream, et courir au petit manchon de loutre pendu à la patère, pour y prendre la lettre qui l'attendait tous les soirs. « Mon Armand chéri, je crovais qu'il dînerait chez ses parents... »

Cette lettre, arrachée à la poisse de gros doigts chargés de bagues, Danjou la savait par cœur et, maintenant, il se la récitait cruellement, en se retournant sur sa couchette de gardien de bœufs. Après avoir eu le courage de partir sans revoir cette fille, sans lui laisser un mot, il se demandait, plein d'épouvante, si elle allait le hanter toutes les nuits comme en ce moment, avec son joli sourire, gras et voluptueux, qui se penchait vers le lit, et cette voix expressive et douloureuse qu'il entendait rôder autour de la maison, gémir sous la porte ébranlée, bramer en lui demandant grâce, là-bas, dans les sables de Faraman.

CHAPITRE III

Le grand souffle salé de la mer et la lumière éclatante du dehors le tirèrent brusquement d'un de ces lourds sommeils, d'une de ces fondrières où l'on sombre au matin des nuits d'insomnie. Oh! le divin réveil... comme ce qu'il voyait ressemblait peu à la loge de Madeleine, aux coulisses des Délassements!... Debout, à quelques pas, dans le cadre de la porte ouverte, une toute jeune fille, longue et blonde, sous un ample fichu de mousseline et cette haute coiffure d'Arles, cette *pointe* qui fait la tête élégante et petite, penchait un profil de camée, où quelques lignes restaient encore indécises, sur un livre qu'elle tenait à deux mains et qu'elle lisait avidement avec un enfantin mouvement des lèvres.

« Pourvu que ce ne soit pas l'*Anti-Glaireux !* » songea d'abord le Franciot, se souvenant de sa déception de la veille; mais de son lit, par l'écart de la courtine bleue, il reconnaissait le titre du volume, *la Grenade entr'ouverte*, d'Aubanel, ce livre immortel de passion et de désespoir, ce chant de tourterelle poignardée, dont le vieux Tim avait bercé sa jeunesse. Et à mesure qu'une strophe, un cri traversaient sa mémoire.

Miroir, miroir, montre-la-moi — toi qui l'as vue si souvent...

Que veux tu, mon cœur, quelle faim te dévore ? — Ah! qu'as-tu, que toujours tu pleures comme un enfant ?...

Chaque fois il croyait voir trembler les petites mains brunes de Zia (car c'était Zia, bien certainement) et sur la pâleur de ses joues courir une petite flamme rose. Singulière lecture tout de même, à la veille d'une première communion!

Sans doute, la strophe d'Aubanel est pudique, mais elle brûle...

Ah ! si mon cœur avait des ailes, — sur ton cou, sur tes épaules — il volerait tout en feu...

Et, en même temps que les rimes du poète, Danjou se rappelait sa causerie de la veille avec Charlon, les transes du garde de sa femme à propos de ce « bon jour » si cruellement retardé. Pauvre petite Zia, est-ce que cette fois encore ?...

Comme s'il eût pensé tout haut, la fillette leva sa jolie tête fauve, regarda dehors, dedans, puis son livre posé au coin de la cheminée où il manquait, elle tira la porte vivement et disparut avec la grâce effarouchée d'une chevrette qu'on dérange, en train de boire sous le bois.

Cette apparition délicieuse le hanta toute la matinée, sans qu'il sortît, s'attendant toujours à la voir revenir, et jusqu'à midi lisant des vers d'amour de *Mireille* et de *la Grenade*, devant un grand bouquet de plantes d'eau, trèfle, gentiane, centaurée, dressé par Zia au milieu de la table dans une buire de grès vert.

L'heure du déjeuner venue et rien ne bougeant encore du côté des Charlon, qu'une pincée de fumée jaune envolée dans le soleil, Henri Danjou se rendit chez le garde, dont le mas, à l'abri d'un petit bois de cannes serrées et bruissantes comme des bananiers, avec ses murs crépis à neufs, son toit de tuiles rouges, sa treille en berceau au-dessus de la porte, faisait au bord d'un grand *clar* d'eau vive, plein à déborder, un coin éblouissant de blanche lumière dansante. A l'approche d'un pas étranger, des abois furieux ébranlèrent la porte basse du chenil, tandis qu'une femme à genoux au ras de l'étang, les bras nus, en train de dépouiller une grosse anguille au milieu d'une flaque de sang rose, criait au chien, d'une voix limpide et jeune : « *Chut ! Miraclo... taisote...* » sans lever ni détourner la tête. Danjou crut reconnaître sa vision du matin, ce paquet de cheveux roux échappés de la petite *pointe*, la blancheur du cou, du bras si frêle.

« On vous a donc laissée seule avec Miracle, petite Zia ? demanda-t-il en venant jusqu'au bord du *clar*.

— Ce n'est pas Zia, monsieur Henri... ma sœur est partie de ce matin.

— Tiens, Naïs ?... Ça va mieux, alors ?

— Un peu mieux, merci... »

Elle parlait un provençal très pur, avec cette intonation câline, féline, cette grâce maniérée que lui donnent les filles d'Arles, affectant de tenir le front baissé, absorbé sur son ouvrage. Dès la prime aube, ils avaient été avisés que l'homme d'affaires du mas de Giraud devait se rendre en Arles par le bateau; et comme il fallait renvoyer la petite au pays pour l'approche de son « bon jour », Charlon était vite parti la conduire à M. Anduze, un tout à fait brave homme et bon éleveur d'abeilles, ainsi qu'il convenait près d'une enfant de cet âge.

« Ah! monsieur Henri... » soupira la paysanne, le cœur gros de chagrins et d'envie de les dire, mais s'obstinant toujours à ne pas regarder son ancien danseur. Un coup de feu éclata très loin, comme au ras de terre. Naïs eut un cri de joie :

« Voici Charlon... il revient par le canal pour tirer quelque *galejon* en route... je vais tremper la soupe... »

Son fichu ramené sur les yeux, elle se leva d'une détente et, filant en éclair devant le Franciot, porta dans la cuisine son panier plein de poisson. Le garde apparaissait en ce moment, droit sur son *naye-chien*, étroit petit bateau qu'il menait à l'aide d'une longue perche et qui, passé de la *roubine* dans l'étang, vint se ranger en face de la maison.

« Pardon, excuse, monsieur Henri... la femme vous a dit, n'est-ce pas ?... » Charlon attachait son bateau à un pieu, déballait sa chasse et sa pêche, un bèchet et deux charlottines, nettoyait le quai du sang de l'anguille et de sa dépouille, tout en jetant à Naïs des nouvelles de la petite, très bien partie avec M. Anduze, sur la *Ville-de-Lyon*, capitaine Bonnardel. Au retour, il avait été retardé par la rencontre de deux gardiens de la manade d'Eyssette, qui, perdus de fièvres, allaient se faire soigner chez Arlatan.

« Quand j'ai passé avec mon barquot, l'accès venait de les prendre tous deux en même temps. Leurs chevaux arrêtés au bord du canal, droits sur leurs selles, grelottaient l'un à côté de l'autre en se cramponnant chacun à son long trident fiché en terre ; et ils tremblaient si fort clacla, que leurs bêtes elles-mêmes en étaient toutes secouées. Heureusement, j'avais mon fiasque plein de rhum qui leur a permis de se remettre en route... Le trésor d'Arlatan se chargera du reste. »

La voix de Naïs gronda, du fond de sa cuisine :

« Arlatan, charlatan. Hou! le vilain homme...

— Mais puisqu'il les guérit tous, » répondit Charlon sur le ton d'une ancienne dispute de ménage, et prenant Danjou à témoin :

« Voyons, monsieur Henri, est-ce qu'elle ne ferait pas mieux, en place de tant de mauvaises raisons, de se laisser guérir...

— Tais-toi, Charlon. Je te l'ai dit cent fois, j'aime mieux souffrir, j'aime mieux mourir que d'aller chez ce malandrin ou de le laisser entrer chez nous... Ses yeux me donnent peur, me *pivèlent* comme des yeux de serpent. Maintenant, assez de paroles, mon homme, et va vite porter la biasse de M. Henri.

— Mais puisque je suis là, Naïs, je déjeunerai chez vous.

— Oh ! non... non... je vous en prie. »

Ce cri d'effroi de la paysanne était si sincère que Danjou n'insista pas et rentra manger seul à la Cabane, intrigué de cette obstination de Naïs à se cacher de lui, ennuyé surtout de n'avoir pas revu avant sa disparition la délicate figure de Zia, dorée et pâle sous son hennin de piqué blanc.

L'après-midi, il chassa avec Charlon dans le marécage ; et la nouveauté de cette chasse tantôt à pied, dans d'énormes bottes taillées sur toute la longueur du cuir, en marchat lentement, prudemment, de peur de s'envaser, écartant les roseaux pleins d'odeurs saumâtres et de sauts de grenouilles, tantôt dans le *naye-chien* étroit, sans quille, qui roule à chaque mouvement, la pénible manœuvre de la perche, les martilières (vannes) à relever ou à baisser, toute cette bonne fatigue fit diversion à son chagrin. Jusqu'au soir le souvenir de Madeleine Ogé le laissa à peu près tranquille. Au moment d'allumer sa lanterne pour rentrer, Charlon lui dit timidement, avec sa grosse moustache qui tremblait :

« Il ne faut pas lui en vouloir, monsieur Henri; à présent je sais pourquoi Naïs se cache de vous, s'obstine à ne pas se faire voir... Elle dit qu'elle est trop laide de ce moment et ne voudrait pas gâter l'image que vous aviez d'elle. Nos femmes de la terre d'Arles sont si coquettes de leur visage !

— C'est vrai que la tienne était belle, il y a cinq ou six ans.

— Outre, oui, qu'elle était belle... » dit le brave Charlon en frisant ses petits yeux jaunes. Mais, au fond, on sentait qu'il en parlait sans regret de cette beauté perdue. Sa jalousie en avait trop souffert.

Toute la semaine, Danjou vécut de ces journées animales et violentes qui brisaient ses muscles, apaisaient ses nerfs, lui donnaient des nuits d'un sommeil opaque où le souvenir de sa maîtresse ne parvint pas une fois à se glisser. Il en riait tout seul, songeant au vieux Tim et à ses prédictions. Le désert lui réussissait, jusqu'à présent.

Un soir que le garde lui avait donné rendez-vous au grand étang de Chartrouse pour l'affût de six heures, le Franciot, arrivé d'avance, s'était installé en plein *clar*, sur un îlot de tamaris, un coin de terre sèche juste assez large pour l'abriter, lui et son chien, un énorme molosse des Pyrénées, à toison rousse. La nuit vint presque aussitôt, froide et silencieuse, le vent et le soleil disparus en même temps. Il restait sur l'étang un peu de lumière qui, un moment, éclairait le ciel puis s'en allait, s'enfonçait, laissant à peine entrevoir une touffe d'herbe, une poule volant au ras du marécage.

« Est-ce toi, Charlon? » cria le chasseur entendant l'eau flaquer sous une marche lourde, qui s'arrêta à son interpellation, mais sans que personne répondît. Il appela encore, crut distinguer une ombre immobile au-dessus de l'eau, et, devant l'obscurité croissante, finit par revenir à la Cabane en se demandant ce qui avait pu arriver au garde.

A l'habitude, il trouva le feu allumé, la table mise, dîna solitairement et fumait sa pipe au coin du feu, quand la porte s'ouvrit tout à coup :

« Comment, c'est vous, petite Zia?... Vous voilà donc de retour?... »

Emue et pâle, elle restait debout, appuyant sa tête contre la cheminée :

« Ma sœur est malade... Charlon est parti chercher le médecin des Saintes-Maries. »

Sa voix tremblait, lourde de larmes. Il essaya d'abord de l'apaiser... Il fallait voir, attendre. Sa sœur n'était peut-être pas gravement malade.

« Si, très malade... et par ma faute... Parce que cette fois encore, on ne m'a pas laissé faire mon « bon jour »... Lorsqu'elle m'a vue entrer, ce matin, avec la lettre de M. le curé, Naïs est tombée raide. »

Elle-même, comme écrasée sous l'aveu de sa honte, laissa aller ses bras, sa longue taille, et s'assit toute sanglotante, la tête entre ses mains, sur la pierre chaude du foyer.

« Oh ! de ma vie et de mes jours... est-ce Dieu possible, une chose pareille ?... » s'écriait-elle d'une intonation enfantine et désespérée. Tout le pays, maintenant, allait la montrer au doigt comme une gaupe, une caraque du Pont-du-Gard. Pas moins, elle n'avait jamais fait de mal, ni dit de vilaines raisons... « J'en jure sur la Sainte-Image... »

Ouvrant son fichu d'un geste emporté, l'enfant tirait de sa poitrine un petit scapulaire en drap bleu, pâli, décoloré qu'elle baisait avec frénésie. Puis se levant, l'air égaré, les yeux grandis, ses beaux yeux bruns qui verdissaient sous les larmes :

« Non, jamais je n'ai fait le mal. Seulement, j'ai un malheur... Je vois des choses... oh ! des choses... c'est affreux... Ça me prend dès que je ferme les yeux et même si je les garde ouverts. . des choses défendues qui me poursuivent, qui me brûlent... C'est pour ça que le prêtre n'a pas voulu que je communie.

— Pauvre petite... murmura Danjou, tout troublé de rencontrer au désert cette détresse d'âme, voisine de la sienne.

— Oh ! oui, pauvre petite, on peut le dire... Ce que je souffre depuis deux ans... Ce que j'ai fait pour arracher ces horreurs de ma vue... A présent, c'est fini, je le sens bien, je n'ai plus rien à espérer... mes yeux n'auront le repos qu'au fond du Vacarès. »

Elle s'arrêta pour écouter des cris, des appels dans la direction du mas.

« Désirez-vous retourner près de votre sœur ? » proposa Danjou doucement. L'enfant ne voulait pas, elle craignait d'arriver avant le médecin, de trouver sa sœur toujours comme une morte... D'ailleurs grand'mère était venue de Montmajour ; Naïs avait du monde près de son lit...

Elle disait cela, distraite et farouche, l'oreille aux clameurs lointaines. N'entendant plus rien, elle reprit sa place sous le *caleil*, au coin du feu, la place des enfants et des vieux dans nos cuisines provençales. Et là honteuse et frissonnante, elle répondait avec candeur au Franciot qui l'interrogeait doucement, tendrement, comme un médecin et comme un père... Non, ces vilaines choses qu'elle voyait, elle ne les inventait pas, ne les trouvait pas dans son idée ; on les lui avait montrées un jour, il y a bien longtemps, sur des gravures, des coloriages...

« Mais enfin, petite Zia, les images s'effacent, avec les années... Puisqu'il y a longtemps que tu ne les a vues... Comment se fait-il ?

— Ah ! voilà où est le péché, voilà pourquoi je suis maudite... » De l'élan furieux qui redressait sa petite tête, deux longues tresses d'or échappées de sa *pointe* venaient s'emmêler sur son cou aux rubans noirs du scapulaire. « Oui, avec les années, les choses s'effacent, mais quand elles s'effacent trop, ça me manque, mes yeux en ont comme soif, ils veulent retourner boire, et alors... et alors... » Elle s'interrompit violemment : « Qu'est-ce que vous me faites dire là, mon Dieu !... ça m'a donc rendue folle d'avoir vu Naïs dans cet état ? car enfin, je ne vous connais pas, moi... pourquoi est-ce que je vous découvre ainsi toute ma honte, moi qui n'en ai jamais parlé à personne, pas même à Charlon, qui m'aime tant... »

Il se pencha vers elle et, son regard appuyé sur les yeux de l'enfant, qui essayaient de fuir les siens :

« Ecoute, Zia. Si tu me racontes ton mal sans me connaître, avec cette confiance, c'est peut-être que j'ai un peu du même mal, une vilaine image au fond de mon cœur, au fond de mes yeux, moi aussi, dont je cherche à me délivrer par tous les moyens. Voilà pourquoi je suis venu si loin, en Camargue, au désert... pour me distraire, pour oublier. Et depuis que je suis ici, sais-tu ce qui m'a fait le plus de bien ? Regarde là-haut, sur la cheminée... ce sont vos poètes de Provence, les félibres, comme ils s'appellent. L'autre matin, je te voyais en feuilleter un devant ma porte... Pourquoi rougis-tu ? Les histoires que ces félibres nous racontent sont toujours très pures, très belles. As-tu lu *Mireille* ?...

— Non, monsieur Henri. Naïs, dans le temps, me l'avait défendu. Pas moins, un soir que j'étais à la Cabane... Charlon se trouvant à l'*espere* avec ces messieurs, le livre que vous dites m'est tombé sous la main... Je n'ai pas bien compris, mais à un moment, ce que je lisais m'a semblé si beau, la page s'est toute brouillée, et j'ai vu trembler une étoile. »

Elle s'arrêta, émue. Danjou resta lui aussi sans parler, puis gravement :

« Cette étoile que tu as vue un jour dans *Mireille*, elle est dans tous les vrais poètes. Il faut les lire souvent, petite. Ils te rempliront les yeux de rayons et n'y laisseront pas de place pour... »

Un cliquetis d'étriers, des voix brutales, puis des coups à faire sauter la porte couvrirent la fin de sa phrase. Des silhouettes de cavaliers apparaissaient à travers la vitre.

« Qu'est-ce que vous voulez? » cria Danjou, s'attendant à quelque aventure de gendarmes et de braconnage.

Une voix répondit, avant qu'il eût ouvert :

« Gardez-vous... Le Romain s'est échappé! »

Ce Romain, terreur de la Camargue, célèbre dans toutes les arènes du Midi, était un petit taureau noir, méchant et trapu, qui menait la manade de Sabran en pâturage du côté du phare et venait de s'enfuir le matin, affolé par quelque mauvaise mouche. Justement, il y avait une ferrade affichée pour le dimanche suivant, et des tas de pistoles engagées sur ce monstre de Romain, inscrit en tête de liste; aussi les cinq ou six gardiens de la manade, en selle depuis l'aube, battaient le marais soigneusement et s'en allaient de mas en mas, autant pour se renseigner que pour mettre le monde en garde.

Seul à pied parmi ces cavaliers bottés jusqu'aux cuisses et le trident sur l'épaule, un homme encapé d'une longue roulière agitait une torche de résine enflammée et disait d'une voix de commandement :

« Je vous répète qu'à l'*espère* de six heures il était au milieu du grand *Clar*.

— C'est de moi que vous parlez, maître Arlatan? demanda en se montrant sur la porte le Franciot qui, à cette haute taille, à ce ton déterminé, reconnaissait son gardien des bords du Vacarès... Ce soir, en effet, je tenais l'affût vers cette heure-là.

— Je parlais du Romain, mon camarade, et de vous pareillement, si vous voulez... car vous n'étiez pas à quatre empans de la bête.

— Diantre! fit Danjou en riant, vous auriez bien dû m'avertir. C'est vrai, maintenant je me rappelle, à quelques pas de moi, cette forme brune, immobile...

— La blonde que voici doit vous *agrader* mieux comme société? » dit le gardien, avançant sa belle barbe syriaque par la porte entre-bâillée. Il venait de voir Zia toute blanche sous la lampe, son fichu ouvert, l'or de ses cheveux répandu, et lui glissa d'un ton de blague égrillarde : « Vous voilà donc revenue chez nous, jolie demoiselle? Vous savez que si le Romain vous fait peur pour rentrer, un de ces hommes peut vous prendre en travers de sa selle, ou bien moi sous ma grande cape. »

Zia, rajustant sa guimpe et son scapulaire, un peu confuse, répondit qu'elle n'avait besoin de personne.

« Va bien... va bien... on se retrouvera une autre fois. » Il eut pour elle un sourire protecteur; ensuite, saluant jusqu'à terre : « Au plaisir, monsieur le Franciot, si un jour vous attrapez quelque mauvaise fièvre; ou si seulement le Trésor vous amuse à visiter, tout à votre service. »

Et, suivi de ses cavaliers aux longs tridents, il s'éloigna, la torche levée, dans un éclairage rembranesque.

Seul avec l'enfant, Danjou se sentit gêné; elle aussi maintenant semblait privée de tout abandon, de toute confiance. Le rire de ce rustre en était cause sans doute.

« Je suis comme Naïs, dit Henri, il ne me va guère, le sire Arlatan. » Et devant le visage distrait, fermé de Zia qu'il croyait uniquement préoccupée du Romain et de la crainte de rentrer seule, il insista pour la reconduire jusqu'à sa porte.

Il faisait une nuit calme et tiède, une de ces limpides nuits de lune, où la moindre touffe d'herbe a son ombre, où le routier solitaire éprouve parfois à se sentir doublé un tressaillement, une gêne nerveuse, comme si quelqu'un marchait à son côté ou derrière lui. Sans se parler, l'un près de l'autre, ils allaient depuis un moment dans cette inondation de lumière bleue, poudreuse, regardant au lointain la torche d'Arlatan qui promenait sur l'horizon l'éclat d'un feu rouge, parmi les sons du *biou* (conque marine) et les cris des bouviers : « té!... té!... trrr... trrr... »

Danjou demanda :

« Tu n'as pas peur, petite?

— Peur du Romain? Oh! non, monsieur, dit la Camarguaise, aguerrie aux courses, aux ferrades.

— Alors, ne nous pressons pas, et écoute. »

Le pas ralenti, la voix vibrante, il se mit à réciter en provençal un des lieds les plus purs du poème de *la Grenade :* « *De la man d'eila de la mar, — dins mis ouro de pantaiage, — Souventi fes ieu fau un viage...* » Aux bords de la mer latine, dans ce ciel léger et bien pour elles, les rimes sonnaient, montaient comme des flèches d'or.

« Que c'est beau, mon Dieu! » murmura l'enfant, extasiée.

Ils arrivaient près du mas de Charlon où s'entendaient des voix joyeuses et rassurantes. Devant le mas, c'était splendide; tout le marécage allumé, l'étang, les canaux pleins d'étoiles, traversés jusqu'au fond par la lune.

« Bonne nuit, petite Zia, dit Henri tout bas à l'enfant dont le front rayonnait, mystérieux et blanc comme une hostie... Quand tu viendras à la Cabane, nous lirons encore des poètes, ce sont les poètes qui nous sauveront. »

CHAPITRE IV

Ce beau dimanche de février, il devait y avoir *abrivade*, course et ferrade, aux Saintes-Maries-de-la-Mer. De bonne heure, vous auriez vu Charlon devant sa porte, en train de verser le carthagène à deux gardiens de bœufs, moustachus, balafrés, les pieds dans leurs grands étriers, la taiole aux reins, et tenant en laisse une fine pouliche blanche qui mettait les deux *grignons* camarguais dans tous leurs états. Justement Danjou, ce matin-là, rentrait de l'*espèce* aux charlottines et s'en venait, à l'habitude, jeter sa chasse, en passant, sur la table de cuisine du mas.

Le garde courut à lui :

« Vé, monsieur Henri, devinez pour qui cette belle poulinière toute harnachée de soie et d'or... Je vous le donne en cent, et même en mille...

— Tais-toi donc, grand simple... » s'écria Naïs, apparaissant sous une coiffe en velours brodé qui datait de son mariage et un corsage bleu de roi, faisant encore plus jaune sa longue figure de fièvre, aux traits tirés, aux yeux cerclés, trop grands. Enfin elle se laissait voir, la belle Naïs ; mais elle n'en semblait pas plus fière, et, sur la haute selle sarrasine où sa taille mince ondulait aux caracols de la pouliche, c'était pitié de l'entendre dire, en se détournant toute confuse :

« Je vous en prie, ne me regardez pas, je ne suis plus moi-même,.. Je me fais honte d'être si laide. »

O Provence, ô terre d'amour, où sont-elles les paysannes, les filles de ferme que dévore comme les tiennes le chagrin de perdre leur beauté ?

— Charlon protestait, prenait les gardiens à témoin de la

grâce de sa femme, de son adresse à se tenir en selle, à galoper autour du rond en marquant au fer rouge tous les taureaux d'une manade :

« Vous avez tort de ne pas voir ça, monsieur le Parisien, ça vaut la peine... Zou ! allons. Je vous emmène tous deux Zia dans ma carriole.

— Merci pour moi, frérot, dit l'enfant occupée à remettre en place dans la cuisine le fiasque de carthagène et les verres des buveurs... Merci, je reste avec Mamette à la maison.

— Comment ! tu ne viens pas à la ferrade? »

Naïs, du haut de sa selle, jeta durement :

« Laisse-la donc puisque c'est son caprice. »

Depuis le retour de Zia et son « bon jour » manqué, il y avait entre les deux sœurs un perpétuel échange de paroles sévères et de regards sans tendresse. Charlon, que le malentendu de ses femmes navrait, se hâta de remarquer que M. Henri n'allant pas à la ferrade, lui non plus, la petite lui fricasserait en leur absence une *gardiane* de poissons, à s'en lipper les doigts. Elle la faisait presque aussi bien que sa sœur Naïs.

Sur quoi, la sœur Naïs enleva sa monture avec colère : « Bonjour à tous ! » dit-elle, déjà lointaine. Et derrière les rubans envolés de sa coiffe, les grignons de Camargue galopaient, la crinière au vent, balayant l'herbe fine de leurs longues queues.

Vers le milieu de la journée, Danjou, étendu sur le gazon au bord du Vacarès, s'interrogeait, avec inquiétude, en écoutant briser autour de lui cette petite mer intérieure aux lames courtes. « Qu'est-ce que j'ai ? D'où me vient cet ennui vague, ce serrement de cœur ? Voilà dix jours que Paris me laisse tranquille. Je ne pense à rien, je ne regrette rien. Encore quelques semaines de ce complet Nirvâna, je pourrai croire à ma guérison... Alors, pourquoi cette tristesse aujourd'hui? .. Parce que j'avais rêvé de passer l'après-midi avec Zia, à lire des vers devant la Cabane, et que l'enfant n'a pas voulu, prétextant un grand mal de tête qui l'obligeait à rentrer au mas?

Après tout, c'était peut-être vrai ; sa pâleur, l'expression douloureuse de son regard en me quittant... A moins que la pauvre petite, brusquement reprise de son mal... »

Ainsi mille pensées contradictoires se heurtaient dans son esprit, tandis que devant lui clapotaient les flots du lac sur le rivage un peu haut, d'un vert velouté, d'une flore originale et fine, et qu'il entendait les sonnailles d'un troupeau de chevaux sauvages tantôt se rapprocher, tantôt se retirer très loin, dispersées, perdues dans la rafale. Tout à coup, relevant la tête au-dessus d'une touffe de saladelles bleues, il aperçut Arlatan le gardien dont la bourrasque enflait la limousine, tirant à grandes enjambées du côté de sa cahute, puis, arrivé à la porte, grimpant avant d'entrer tout en haut du *guinchadou*, sorte d'échelle primitive, d'observatoire rustique très élevé, qui sert à surveiller le troupeau.

A peine fut-il descendu, une femme, encapuchonnée jusqu'aux yeux d'une longue mante feuille-morte, tournait le coin du gourbi où elle entra brusquement sur les pas du gardien. Bien qu'elle eût passé rapide et très enveloppée, à je ne sais quelle grâce d'envolement et de jeunesse Danjou avait cru la reconnaître. « Zia ?... chez ce vieux fou ? Jamais, voyons... Qu'irait-elle y faire ?... Et cependant, qui sait ?... »

Il se rappelait le frisson de la petite sous le regard cynique d'Arlatan, le soir où le gardien les avait surpris au coin du feu, le soupçon dont lui-même s'était senti une seconde effleuré d'une aventure possible entre Zia et cet ancien beau de la savane. Pour savoir la vérité il n'avait qu'à faire deux ou trois cents pas dans le pâturage, et à se montrer subitement...

Aux premiers coups frappés à la porte, rien ne répondit. Il frappa encore, et, cette fois, le gardien vint ouvrir, tête nue, en lourdes bottes et futaine verte. Il souriait, très droit, très fier, sans la moindre surprise du visiteur qui lui arrivait.

« Entrez, mon cér ami... » Pendant que grasseyait sa voix rauque, dans la rainure étincelante de ses yeux se lisait clairement : « Vous pouvez tout fouiller, tout retourner, ce que vous cherchez n'est plus ici.

— Vous n'êtes donc pas allé à la ferrade, maître Arlatan ? » demandait le Parisien, un peu déçu de se trouver seul avec lui dans l'unique salle que son regard eut vite inventoriée. Le gardien haussa les épaules :

« Ah ! vaï, des ferrades... j'en ai trop vu. » Il repoussa

d'un coup de botte une malle à gros clous de cuivre qui traînait au milieu de la pièce entre deux escabeaux, prit un de ces sièges rustiques taillés dans un tronc de saule et présenta l'autre à Danjou avec le geste large, emphatique, dont le vaste décor camarguais semblait lui avoir donné l'habitude.

« Tout ce que vous voyez ici, dit-il superbement, depuis le toit, les murs de la maison, c'est moi que je l'ai fait. Ce *plot* de bois sur lequel vous êtes assis, ce lit d'osier tressé, là-bas dans le coin, ces flambeaux de résine vierge, ce foyer fabriqué de trois pierres noires, jusqu'au pilon dont je broie mes plantes médicinales, jusqu'à la serrure de la porte et sa clef du même bois blanc, tout cela est mon ouvrage. »

Il suivit le regard de Danjou dans la direction de la malle.

« Ceci, par exemple, n'est pas de ma fabrication... c'est ce que j'appelle le trésor. Mais avec la permission de *usted*, nous en causerons un autre jour ; de ce moment, je ne suis pas de loisir... Ah! mon ami, vous parlez de ferrades... c'est dans cette malle que j'en ai des médailles et des certificats de mairies, et des cocardes arrachées aux taureaux les plus en renom. Ma dernière, tenez, je l'ai gagnée aux arènes d'Arles, il y aura juste dix ans le dimanche qui vient, prise aux cornes d'un Espagnol, un grand rouge enragé qui avait étripé des centaines de chrétiens. Ah! le bâtard, je lui ai fait voir le tour comme il a voulu, autant qu'il a voulu, à la landaise et à la provençale, au raset et à l'écart ; je l'ai sauté à la perche, en long et en large, puis *arrapé* par ses deux longues cornes et, d'un coup de flanc, zou! les quatre fers en l'air dans le rond. Il s'appelait Musulman. »

En parlant, le gardien s'était levé et soulignait son histoire d'une mimique théâtrale. Danjou, toujours assis et préoccupé de son enquête, s'ingéniait à prolonger l'entretien.

« C'est singulier, maître Arlatan, tous les conducteurs de manades que je rencontre portent sur le front, sur les joues quelque trace de coups de corne. Et vous, rien? »

Arlatan se redressa :

« Rien sur la figure, jeune homme. Mais le corps, si je vous le montrais... J'ai là, sur le côté droit, un souvenir de Musulman, une estafilade d'un pan de large... C'est une de vos Parisiennes qui me l'a recousue... le même soir, » ajouta-t-il en clignant ses yeux fats.

Danjou tressaillit :

« Une Parisienne ?

— Et jolie... et célèbre... ce qui ne l'a pas empêchée de passer deux jours avec moi dans le pâturage... »

L'amant de Madeleine Ogé eut envie de demander : « Chanteuse, peut-être ? » mais une honte le retint.

L'autre poursuivit d'un air détaché :

« Du reste, son portrait est là, dans le trésor, une femme superbe, déshabillée jusqu'à la ceinture. Si vous voulez mettre une demi-pistole, je vous le montrerai un de ces jours, avec une foule d'autres ; mais pour l'instant, je vous demande excuse, j'ai un baume vert que je prépare... car vous savez que je m'occupe de médecine illégale, comme dit le docteur Escambar, des Saintes-Maries-de-la-Mer... Allons, à bientôt, mon cér camarade. » Et il referma la porte sur lui en souriant.

Dehors, c'était la fin du jour. Le mistral la saluait d'une allègre sérénade qui affolait tout la pâturage, faisait flotter queues et crinières, hennir les étalons et tinter leurs sonnailles dans cette plaine immense, sans obstacle, que son souffle puissant semblait aplanir en l'élargissant. A perte de vue, le Vacarès resplendissait. De grands hérons planaient, découpés sur le ciel vert en minces hiéroglyphes ; des flamants aux ventres blancs, aux ailes roses, alignés pour pêcher le long du rivage, disposaient leurs teintes diverses en une longue bande égale. Mais toute cette magie de l'heure et du paysage était perdue pour le malheureux garçon qui rentrait chez lui ne songeant qu'à une chose, ne voyant qu'une chose, le portrait de sa maîtresse dans cette malle de bouvier. Car douter un instant que ce fût Madeleine, il n'y parvenait pas.

Certes, elles ne sont pas rares, les Parisiennes capables de s'exalter pour un faux matador ; mais la coïncidence du séjour de la chanteuse juste à cette époque, ce caprice cynique, brutal, bien dans les mœurs de la dame... jusqu'à cette vague tristesse dont il cherchait la cause tout à l'heure... Non ! le doute ne lui semblait pas possible. Encore un dont elle lui dirait, en pleurant sur son épaule : « C'était avant de te connaître, mon Henri. » Le bel Armand aussi, c'était avant de le connaître. Avant, pendant et encore après. Ah ! coquine... Et lui qui se croyait guéri de cette passion à fond de vase, à l'abri de ses fièvres malsaines!... Aussi, quel besoin d'entrer chez ce Huron? Et, puisqu'il avait tant fait, pourquoi ne pas aller jusqu'au bout, emporter une preuve, le nom de la femme, son portrait? Quel imbécile orgueil l'avait retenu? Il savait bien pourtant qu'il finirait toujours par là, qu'il ne pourrait pas vivre dans cette incertitude oppressante. Il connaissait ces accès de basse jalousie, rongements, visions, nuits de délire. Mais venir les chercher au fond de la Camargue, en plein désert!...

« ...Voilà monsieur Henri », dit une voix dans l'ombre, à quelques pas.

Il arrivait chez lui, où Charlon et sa femme, de retour de la ferrade, l'attendaient avec impatience. Danjou, en entrant, fut saisi de leur émotion. Naïs surtout, encore en ses atours de fête, sa pauvre figure creusée, travaillée au couteau sous les broderies d'or de la coiffe d'Arles, marchait à pas furieux d'un bout de la pièce à l'autre, et se trouva juste en face de lui, éclairée en dessous par le grand feu de souches que Charlon, à genoux, était en train d'allumer.

« Vite, monsieur Henri... » sa parole haletait comme après une longue course... « vite, est-ce vrai que ma sœur a passé l'après-midi à lire près de vous, à la Cabane? »

D'abord, il ne comprit pas. C'était si loin de sa pensée, maintenant, cette petite Zia et toute son histoire! Mais il se reprit aussitôt et, devant l'anxiété de ces braves gens, surtout en se représentant la fillette et ses grands yeux qui le suppliaient, il n'hésita pas à mentir, secrètement averti que, pour leur tranquillité à tous, il devait commencer par là.

« Mais certainement, ma bonne Naïs, que votre sœur a passé l'après-midi à la Cabane...

— Tu vois, ma femme... » cria Charlon tout joyeux. Naïs, à demi rassurée, demanda encore :

« Vous n'étiez donc pas dehors depuis longtemps?

— Hé! non... Mais pourquoi toutes ces questions?

— Elle ne vous le dira pas, fit Charlon qui, dans son allégresse, continuait à bourrer la cheminée de ceps de vigne, au risque de l'enflammer jusqu'au faîte... Mais moi, tant pis! je ne peux pas me tenir, je suis trop content... Figurez-vous que depuis une quinzaine, depuis que l'enfant nous est revenue, notre maison où l'on s'aimait tant est devenue un enfer. Les femmes se *carcagnent* à la journée, Naïs et la grand'mère, tout le temps à faire pleurer la petite à cause de son *bon jour*. Et, pour finir, voilà Mamette qui l'accuse d'avoir passé toute son après-midi du dimanche... devinez où? Chez Arlatan... Zia chez Arlatan, je vous demande un peu... Pourquoi faire? Il y a longtemps que le beau brun ne tire plus les alouettes et qu'il a renoncé au femelan pour ne s'occuper que de pharmacie... N'empêche que Naïs était d'une colère, à croire qu'elle allait piquer une attaque comme l'autre fois... Heureusement que vos bonnes paroles l'ont calmée... *Qué*, Naïs? »

Toujours accroupi devant le feu, il la tirait doucement par sa guimpe bleu de roi; mais sans plus s'occuper de lui que de Miracle qu'on entendait dans la nuit, devant la porte, lapper une écuellée d'eau fraîche et de pain de chien, Naïs disait en retenant de grosses larmes :

« Ah! monsieur Henri, si vous saviez le tourment que cette enfant me donne... Elle n'a plus son père ni sa mère; rien que Mamette la mère-grand qui n'y voit plus, et moi, la sœur aînée, presque toujours loin d'elle... Avec ça que je n'ai pas su la prendre. Je l'aime comme si elle était de Charlon et de moi; mais je lui fais crainte et je ne peux rien savoir de ce qu'elle a, de ce qui la désole. Ah! quand elle est là, près de moi, des heures sans parler, avec son air de regarder en dedans, je la pilerais dans un mortier de fer pour avoir un peu de ce qu'elle pense! Car c'est sa songerie qui est malade, la pauvre petite; faire le mal, elle n'en est pas capable, du moins je me le figure, et c'est aussi la croyance de M. le curé.

— Alors, il aurait dû lui laisser faire son *bon jour*, dit Charlon en se relevant.

— Mais, badaud, tu sais bien que la dernière fois c'est la petite qui n'a pas voulu... elle se trouvait trop indigne. »

Naïs continua, s'adressant à Henri :

« Ma pauvre sœur a, paraît-il, une maladie qu'on appelle... comment M. le curé dit-il cela?... ah! le mal de *l'escrupule*. »

Charlon l'interrompit gaîment :

« Que ce soit ce qu'il voudra, maintenant que tu sais que la petite n'était pas chez Arlatan, vous allez me faire le plaisir, en rentrant, de vous embrasser bien fort, et qu'on soit tous amis comme auparavant. C'est trop triste, les maisons de pauvres, quand on ne s'aime pas. »

Le feu flambait clair, la table du Franciot était mise; Charlon prit sa chère laide par la taille et l'entraîna vers leur mas sur un air de farandole, populaire dans toute la Provence:

Madame de Limagne
Fait danser les chevaux de carton.

Il revint dans la soirée, mais cette fois avec la petite Zia. Henri lisait au coin du feu, sous le *caleil*, répondant par monosyllabes, tellement sa lecture l'absorbait.

Un moment, Charlon étant allé remplir les brocs au *puits commun*, un vieux puits à roue situé à mi-chemin entre la Cabane et le mas, Zia et Danjou se trouvèrent seuls. Elle passa près de son livre à deux ou trois reprises, et, tout à coup, lui saisissant la main d'un geste irrésistible, la porta à sa bouche avec violence. La douceur de ses lèvres, la candeur de ce remerciement attendrirent le jeune homme. Il eut besoin de tout son courage pour retirer sa main et dire d'un ton sévère :

« Tu m'as fait faire un gros mensonge, mon enfant, mais ne recommence plus; je ne mentirais pas une seconde fois... »

Elle se tenait devant lui, très humble, sans répondre. Par la porte restée ouverte derrière le garde, on entendait grincer la chaîne du puits et le ruissellement de l'eau dans le noir. Danjou continua :

« Pourquoi es-tu allée chez cet homme? Car tu étais là, et tu en sortais à peine quand je suis arrivé. Que venais-tu faire? Ta sœur te l'avait bien défendu. »

Les grands yeux noirs le fixaient, effroyablement navrés et immobiles, traversés seulement d'un éclair d'indignation quand il demanda si, par hasard, ce vieux hibou ne s'était pas mis en tête de devenir son galant, son *câlineur*... « Non, n'est-ce pas, c'est impossible? Qu'est-ce qui t'attirait donc chez ce marchand de baume vert? Tu ne veux pas me le dire?... Eh bien! je le sais, moi... je l'ai deviné. »

L'enfant tremblait si fort qu'elle dut s'appuyer contre la chaise où il était assis. Il laissa tomber son livre; et tout bas, de tout près :

« C'est ton mal qui est revenu? Tu as recommencé à voir des choses?... C'est bien cela, dis, Zia? dis, ma petite sœur de fièvre et de misère ?... Et dans un coup de désespoir, un soir où tu ne voyais pas d'étoiles, où la musique des félibres n'arrivait plus jusqu'à ton cœur, tu t'es souvenue des miracles d'Arlatan et tu es allée lui demander de te guérir... N'est-ce pas, que tout ce que je te dis est vrai?... »

Jusqu'à présent, elle avait tenu la tête baissée et fait signe en pleurant sans bruit : « C'est cela... c'est... » Mais aux dernières paroles d'Henri, ses prunelles se levèrent, toutes verdies de larmes, avec une expression d'angoisse et d'étonnement qu'il ne comprit pas, qu'il ne pouvait pas comprendre, dans l'élan de sa pitié, dans son désir de rappeler à la santé, à la vie, cette âme d'enfant si mystérieusement blessée. Désir d'autant plus vif qu'en la réchauffant il se réconfortait lui-même, qu'en criant à Zia : « Ne désespère pas, petite, tout cela n'est qu'une épreuve, une crise qui passera », c'est sa propre détresse qu'il encourageait.

Malheureusement, quand Charlon fut revenu puis reparti avec sa belle-sœur, l'amant de Madeleine ne songea plus qu'à sa maîtresse et son martyre recommença. Il essayait de lire, rouvrait le poème d'Aubanel sur l'admirable canzone que l'apparition de Zia avait interrompue tout à l'heure : *Depuis qu'elle est partie et que ma mère est morte...*, mais arrivé aux derniers vers : *Oh! qu'il fait bon dormir dans les bergeries, sur les feuilles, — dormir sans rêve au milieu du troupeau...* la page tremblait, se brouillait; et au lieu de voir une étoile entre les lignes, comme Zia, c'est Madeleine Ogé, des Délassements, qui lui apparaissait traînant ses oripeaux de théâtre dans la crèche d'Arlatan et le relent de la manade. Deux jours en plein pâturage avec ce vacher, fallait-il qu'elle eût le goût du fauve!... *Oh! s'en aller en compagnie des pâtres — rester étendu tout le jour et sentir bon la menthe sauvage...*

Il ferma le livre avec colère et se dit qu'il valait mieux dormir. Mais le lit nous rend si imaginatifs et si lâches. A peine étendu, il fut repris d'incertitude. Tant d'autres étrangères devaient se trouver aux Arènes d'Arles, ce jour de fête. Pourquoi vouloir que ce fût celle-là précisément? Arlatan ne lui avait jamais parlé d'une actrice... De toutes les preuves accumulées il n'y a qu'un instant, pas une à présent ne tenait debout. Mais la minute d'après, tous les soupçons revenus faisaient dans sa tête, sous ses tempes, la rumeur, le battement d'ailes noires d'un hourra de corbeaux arrivant à la fois de tous les côtés du ciel. Elle, c'était Elle; et une sueur de glace l'inondait.

La nuit se passa dans ces transes fiévreuses, compliquées de cette idée plus torturante que tout : « La preuve est près de moi, je n'aurais qu'à faire un pas pour l'avoir. » Supplice si aigu, si lancinant, que deux ou trois fois il sauta du lit en se disant « j'y vais », entr'ouvrit la porte et, ne voyant pas la moindre clarté sous le ciel, vint reprendre sa veillée horizontale dans les ténèbres et le rongement.

Au matin cependant, sans dormir tout à fait, il glissa de l'insomnie à un demi-rêve de fatigue hallucinée... C'était la Camargue, mais une Camargue d'été à l'époque des halbrans, quand les clars sont à sec et que la vase blanche des *roubines* se crevasse à la forte chaleur. De loin en loin les étangs fumaient comme d'immenses cuves, gardant au fond un reste de vie qui s'agitait, un grouillement de salamandres, d'araignées, de mouches d'eau cherchant des coins humides. Sur tout cela, un air de peste, une brume lourde de miasmes qu'épaississaient des tourbillons de moustiques; et comme unique personnage dans ce vaste et sinistre décor, une femme, Madeleine Ogé, avec la coiffe de Naïs, ses joues jaunies et creuses, Madeleine bramant et grelottant au bord de la mer, sous le plein soleil inexorable qui brûle les fiévreux sans les réchauffer.

Un passage criard d'oiseaux de *prime* le délivra de son cauchemar, en sursaut. La bande volait bas, comme à la fin de son étape, et tirait dans la direction du Vacarès. Bon prétexte que se donna le Franciot pour prendre houseaux, carnier, fusil, et s'en aller tenir l'affût vers le pâturage d'Arlatan.

CHAPITRE V

« Entrez... la clef est sur la porte. »

Danjou tourna la clef de bois, fit deux pas à tâtons dans la sombre cahute enfumée, et s'arrêta, aveuglé, suffoqué.

« C'est le vent qui rabat. Il en souffle, une bourrasque, » dit la voix du gardien encore au lit, geignant sous un amas de couvertures et de hardes... « Tiens, c'est vous, mon cér ami... prenez garde au *plot*... posez le fusil contre la panière... vous entendez la vache de Faraman, comme elle s'est levée de bonne heure ce matin... et mon *rhumatime* avec elle... Aïe!... aïe!... Vous non plus, mon camarade, vous ne paraissez pas avoir bien dormi. Vous êtes blanc comme la mort... Si le cœur vous en dit de faire comme moi, vé! »

Il se dressa tout endolori, dégageant à chaque mouvement une odeur de levure et de paille chaude, prit au-dessus de sa tête, à même une planche mal équarrie, un couvercle de boîte en fer-blanc plein à ras d'un opiat verdâtre de sa fabrication, sur lequel il promena voluptueusement, à deux ou trois larges reprises, une langue de lion malade, boueuse et sanguinolente.

Debout à quelque distance du lit, Danjou s'excusait que le cœur ne lui en dit pas précisément.

« Je m'en doute, je m'en doute, marmonna Arlatan refourré sous ses couvertures... ce n'est pas pour mes drogues que vous êtes ici, vous. »

Il restait sur le dos, immobile et muet, ses grands traits, vieillis, convulsés par la souffrance, comme si chaque rafale enveloppant la maison lui passait aussi sur le corps, tordait et broyait ses muscles. On entendait craquer le chaume du toit, gémir la croix de bois traditionnelle qui gardait le faîte, et, tout autour dans le pâturage, tinter et galoper les sonnailles du troupeau qu'effaraient l'absence du maître et le vent brutal de le mer. La tourmente apaisée, le gardien rouvrit lentement les yeux.

« Vous venez pour le portrait de cette dame, hé? dit-il à Danjou... La Parisienne déshabillée jusque-là... J'avais vu tout de suite que ça vous amuserait... »

Il allongea un bras velu, couleur de brique, sillonné de coups de cornes en blanches et profondes cicatrices.

« Sans vous commander, mon camarade, cette malle à clous dorés, là-bas, au fond... si c'était un effet de votre obligeance de l'amener tout contre moi... nous y trouverions sûrement ce que vous cherchez.

— Que croit-il donc que je cherche cet imbécile? » songeait Danjou en approchant la caisse du lit et soulevant son énorme couvercle en dôme. Tout de suite il eut l'illusion d'une boutique d'herboriste qui s'ouvrait. Des fleurs séchées, des plantes mortes, momies de papillons et de cigales conservées dans le camphre et l'alcool, opiats, élixirs, du papier d'argent, quelques coquillages, des morceaux de nacre et de corail, voilà ce qu'on voyait d'abord dans cette espèce de trappe mohicane, ce trou de pie voleuse que l'Anti-Glaireux appelait « son trésor ». Penché dessus avec des yeux éblouis d'inventeur et d'avare, il bégayait la lèvre humide :

« Y en a-t-il de mes drogues là-dedans, et de l'herbe qui sauve, et de l'herbe qui tue!... »

Sa narine gourmande allait d'un flacon à l'autre, flairait, se délectait longuement; puis, comme si l'impatience fébrile du client le réjouissait, il s'attardait au coin des médailles, à ses succès de torero, commémorés par une infinité de cocardes, — couleurs fanées, dorures éteintes, — qui chacune avait son histoire et s'accompagnait de boniments glorieux.

Celle-ci lui venait du Romain, pas celui de maintenant, un autre; il y a toujours un Romain dans les manades. Cette grande-là, avec du sang sur le bord, lui avait valu le souvenir de Musulman et celui de la belle personne en question.

Pas froid aux yeux, les Parisiennes. « Jugez un peu. Le soir de la course, il y avait eu au cercle du Forum un grand banquet en mon honneur. Voilà qu'après dîner, tous ces messieurs *on* était là à fumer en rond autour de moi dans un salon doré tout en glaces et en lumières, quand la dame m'arrive dessus, une femme superbe avec des diamants en pluie d'étincelles sur des épaules bien roulées. Elle me plante ses yeux tout droit et me vient comme ceci devant le monde :

— Bouvier, on ne t'a jamais dit que tu étais très beau?

Ah! la drôlesse, oser parler à un homme de cette façon... J'ai senti le rouge qui me montait et je lui ai jeté en riposte :

— Et vous, madame, on ne vous a jamais dit que vous étiez une catin? »

Danjou se sentit pâlir. Cette affronteuse ressemblait si bien à sa maîtresse.

« Et elle ne vous en a pas voulu? demanda-t-il.

— Si elle m'en a voulu, jeune homme? Attendez... » Il se dressa en gémissant, une chemise de grosse toile laissant voir sa poitrine velue et grise de vieux pacan. « Passez-moi ces deux boîtes, je vous prie, la verte et l'autre. »

Il montrait deux de ces cartons de modes comme les grands magasins de nouveautés en expédient au bout du monde. Salis, cassés, surchargés de toutes les marques postales, ces deux-là ne tenaient plus que par miracle. Du premier qu'il ouvrit sans presque y toucher, des photographies de femmes s'échappèrent, actrices, danseuses, maillots et décolletages de vitrines, qui vinrent se répandre sur la couverture devant lui. Il prit un de ces portraits et le regarda longtemps Danjou était trop loin, il ne pouvait pas voir la femme; mais son Anti-Glaireux en tricot de laine et la main trapue aux ongles noirs qui tenait la petite carte, il n'en perdait pas un détail. Et se rappelant les dessous élégants et raffinés de sa maîtresse, l'association de ces deux êtres lui semblait monstrueuse, impossible.

« Regardez-moi ça, mon bon... » dit l'ancien gardien de bœufs en lui passant le portrait.

C'était bien Madeleine Ogé, il y a dix ans, au zénith de sa beauté, de sa gloire; Madeleine en Camargo, le plus savoureux de ses rôles et de ses costumes. Au-dessous, pour que nul n'en ignore, une ligne de sa longue écriture capricieuse et molle signant le public hommage qu'elle faisait à un vaquero de cette bouche divine, de cette gorge sans défaut :

AU PLUS BEAU DES CAMARGUAIS,

SA CAMARGO

Etait-ce l'épreuve jaunie, souillée; cette odeur nauséabonde et pharmaceutique? Il n'eut d'abord qu'une sensation de dégoût. Lui qui croyait tant souffrir, qui se raidissait d'avance! Et l'image enfin devant lui, nul doute n'était plus possible, il savourait cette non-douleur.

« Combien voulez-vous de ce portrait ? demanda-t-il d'un ton d'indifférence. Moi, j'en donne dix pistoles, cent francs. »

Dix pistoles ! Le Camarguais en eut un saut de joie sous ses couvertes.

« Un beau morceau de chair de femme, hé ?... dit-il en claquant sa langue et coulant un œil libertin... Mais pour le même prix, je puis vous offrir beaucoup mieux. Si, si, vous allez voir. »

Il tira de l'autre carton et rangea soigneusement sur son lit quelques-uns de ces grands chromos qui traînent aux étalages de marchands de *santibelli* sur les vieux quais de Gênes ou de Marseille... Daphnis et Chloé, le cygne de Léda, Adam et Eve avant le péché, nudités prétentieuses, d'intention polissonne, surtout par leur coloris et leurs dimensions. « Faites votre choix, mon cér ami ; comme pièces galantes, vous ne trouverez pas plus beau. »

Oh ! l'accent, le tour de bouche dont il appuyait ces mots : pièces galantes. Et c'est dans ce ramas d'ordures que Madeleine figurait.

« Très joli, maître Arlatan, murmurait Danjou, distrait, regardant à peine, tout à la petite image sur laquelle ses doigts se crispaient... Mais c'est ce portrait de femme précisément qu'il me fallait... N'en parlons plus. » Le paysan insista, ébloui par les dix pistoles. D'abord la dame n'était qu'en demi-peau, tandis que les autres... puis elle avait mis de son écriture avec son nom au bas de la carte. Peut-être qu'elle vivait encore cette dame Camargo et pourrait lui causer de l'ennui.

La clarté du dehors entrant dans un tourbillon leur fit

lever la tête à tous deux. La porte mal fermée sans doute, venait de s'ouvrir grande, brusquement. On voyait le ciel bas, les nuages en déroute, les chevaux épars dans la lande, montrant çà et là, derrière un bouquet de tamaris l'arête de leurs dos, l'écume de leurs crinières blanches; plus loin, au-dessus du Vacarès tumultueux, tout miroitant d'écailles, des nuées d'oiseaux qui planaient, plongeaient, pêchaient, secouaient leurs ailes dans le vent.

« Mettez la clef en dedans, nous serons plus chez nous, » dit le gardien à voix basse.

Mais Danjou, d'un ton bref :

« C'est inutile, je m'en vais, puisque vous ne voulez pas »

L'autre blêmissait de colère.

« Mon cér ami, voyons, réfléchissez.

— C'est tout réfléchi... Je tenais à ce portrait, vous y tenez aussi... Voici vingt francs pour la peine, et au revoir, mon garçon. »

Après tout, l'impression de mortel dégoût qu'il emportait ne valait-elle pas toutes les photographies? Avec l'image constamment sous les yeux, cette impression se fût peut-être atténuée; peut-être aussi n'eût-il pas résisté à la joie de faciles représailles, comme d'envoyer chez la diva ce souvenir de sa jeunesse. Mais alors c'étaient tous ses efforts perdus, sa retraite dénoncée, des lettres, des larmes, et au bout probablement l'éternelle rechute. Non, non, reste avec ton Camarguais, ma fille; continue à moisir parmi les baumes verts à l'état de pièce galante!...

Danjou songeait ainsi en marchant vers le Vacarès où il comptait chasser encore une couple d'heures, lorsque près de lui, dans le pâturage, des chevaux attroupés se dispersèrent à son approche. Zia était assise sur le gazon mouillé d'embruns, à côté d'une corbeille pleine de grands pains, et machinalement elle en jetait des morceaux aux chevaux devant elle. Le cou nu, sa mante dégrafée, les pieds à demi sortis de petits sabots jaunes en bois de saule, elle avait les lèvres décolorées par le froid; et le même geste de sa main essayant toujours de ramener les cheveux échappés de sa coiffe lui donnait quelque chose d'égaré. A l'appel du Franciot elle leva seulement la tête.

« Que fais-tu là, Zia ?

— Rien... je ne sais pas...

— Comment, tu ne sais pas ce que tu fais, si loin de chez vous ?... Qu'est-ce que c'est que tout ce pain ?

— On m'a envoyée chercher le pain à Chartrouse.

— Chartrouse ?... mais pour rentrer chez toi ce n'est guère le chemin. »

Le regard de Danjou, orienté tout autour, rencontra le chaume du gardien. Il eut tout de suite compris.

« Ne mens pas, c'est là que tu venais ?

— C'est là... répondit-elle avec violence... Tout ce que vous m'avez dit, hier au soir, toutes les prières que j'ai faites dans la nuit, rien n'y a pu, rien... Une force mauvaise m'a prise en sortant de Chartrouse et m'a portée chez cet homme, je ne sais pas comment. La clef était sur la porte, j'ai ouvert : mais entendant du monde, je me suis sauvée jusqu'ici de peur d'être reconnue. »

Elle se leva, prit sous le bras sa corbeille à pain. Il lui demanda :

« Où vas-tu ?

— Je rentre à la maison, ma sœur doit être inquiète... » Une hésitation, puis. : « Est-ce que vous lui direz que vous m'avez vue ?

— Non... si tu me promets... »

Elle eut un regard navrant et las à faire pitié,

« Que voulez-vous que je promette ? Est-ce que je peux ? Est-ce que je sais ? Il y a des moments où je ne suis plus moi, où des flammes me traversent, m'enlèvent... Depuis que vous êtes là, c'est bien, je me sens de la force pour résister... mais dans une heure, vous serez loin et rien ne pourra me retenir. Et ce n'est pas ma guérison, comme vous sembliez le croire, que je viens chercher près d'Arlatan... c'est le poison, c'est sa brûlure... Mes yeux me font mal à la fin, de l'envie que j'ai de voir des choses. Et l'homme m'en montre, et je me damne... Ah ! tenez, le mieux serait de tout dire à Naïs, qu'elle me batte, qu'elle me tue, mais que je ne revienne plus ici... »

Pendant qu'elle parlait. Danjou se rappelait les hideux chromos étalés sur le grabat du vacher, les revoyait sinistrement animés et pervers dans les beaux yeux de fièvre de cette femme-enfant et son imagination maladive.

« Non, Zia, dit-il plein de pitié, non, ta sœur ne saura rien... ce serait lui faire trop de peine... seulement il faut retourner au pays, t'en aller le plus tôt possible...

Elle cria de terreur :

« Au pays, sainte Mère des anges! mais c'est la fin de tout... on va me montrer au doigt, me courir après à cause de mon « bon jour »... Et pas moins, vous avez raison, monsieur Henri, il n'y a plus qu'à s'en aller... C'est ce qui vaut mieux.

Droite et mince, son grand panier sur la hanche, ses cheveux en poussière blonde autour de sa petite pointe, elle marchait contre le vent, avec sa jupe enroulant ses jambes fines, et son geste énergique qui répétait à côté d'elle : « s'en aller... s'en aller... »

CHAPITRE VI

MONSIEUR T. DE LOGERET,

A MONTMAJOUR.

Enfin, après deux longues journées d'angoisse et de recherches, nous l'avons retrouvée la pauvre enfant; nous l'avons retrouvée au bord du Vacarès qui nous l'a gardée tout ce temps, bercée, roulée dans ses ondes mystérieuses. Le premier jour, les Charlon ne se sont pas trop effrayés de sa disparition. C'était une fillette bizarre, maladive, d'une imagination frénétique et comme envoûtée, une petite démoniaque que le moyen âge eût exorcisée, et que Naïs dans son ignorance effarait de scènes continuelles. Ils ont cru qu'à la suite d'une de ces scènes, Zia s'était sauvée au pays; et vous pensez quel effroi quand on a su qu'à Montmajour personne ne l'avait vue. Tous les mas d'alentour se sont mis en quête; de toutes les manades des gardiens sont venus fouiller les étangs, les *roubines*, avec leurs longs tridents.

La nuit, des clameurs, des appels de trompe sonnaient de partout dans la plaine; des lueurs de torches, de lanternes tremblaient sur l'eau.

Ah! les braves gens! Comme tout ce bas peuple de campagne, bergers, bergerots, gardiens aux visages balafrés, bronzés et durs comme des casques, que tout ce petit monde m'est apparu généreux et bon, fraternel à la détresse d'un des siens, donnant, prodiguant ses heures de sommeil, sa pitié, sa fatigue... Et il en faisait une tempête, ces trois jours-là ! Bourrasque, éclairs, grésil, la mer et le Vacarès en furie, les manades affolées, fuyant devant la rafale ou se piétant, se serrant, la tête basse derrière le chef du troupeau, tournant la corne au gicle comme vous dites. C'était païennement beau, toute cette sauvage nature soulevée, révoltée contre l'injustice des dieux qui ont permis le suicide de cette enfant, car elle s'est tuée, la malheureuse, et si vous saviez pour échapper à quelle étrange et cruelle obsession...

Au matin du troisième jour, Charlon et moi nous battions les bords de l'étang quand une bande de chevaux sauvages nous est apparue, en arrêt le long de la rive. Ils regardaient notre pauvre Zia étendue sur l'herbe fine, serrée en linceul dans sa grande mante lourde de sel et de vase. Sa jolie figure intacte et blanche ouvrait à demi les yeux où se lisait toujours la même expression navrante, et qui, à rester longtemps sous l'eau, étaient devenus verts comme lorsqu'elle pleurait. Oh ! mais verts... « Deux petites reinettes du grand *clar* », disait Charlon en sanglotant.

En votre qualité de vieux Camarguais, mon ami, vous avez entendu parler du trésor d'Arlatan. La petite Zia est morte pour avoir voulu y regarder ; et moi, j'espère au contraire y avoir trouvé la guérison et la vie. Je le saurai dans quelques semaines. J'étais d'ailleurs prévenu par cette parole du gardien :

« J'ai dans mon trésor de l'herbe qui sauve et de l'herbe qui tue. »

Ce trésor d'Arlatan ne ressemble-t-il pas à notre imagination, composite et diverse, si dangereuse à explorer jusqu'au fond ? On peut en mourir ou en vivre.

A bientôt, mon vieux Tim, je vous embrasse, le cœur gros.

HENRI DANJOU.

TABLE DES CHAPITRES

LE TRÉSOR D'ARLATAN

ŒUVRES COMPLÈTES

PARIS. — IMP. MICHELS ET FILS.

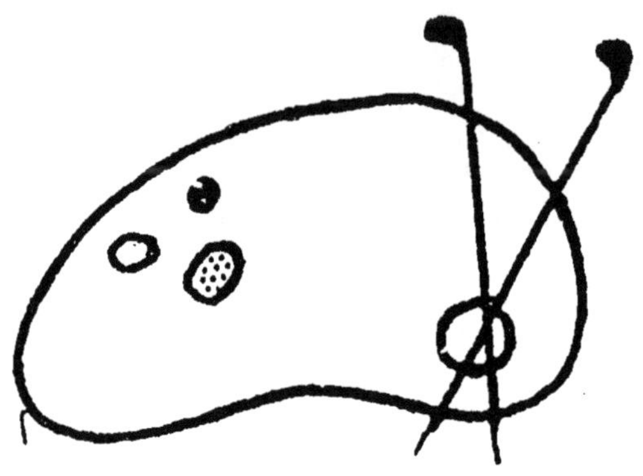

Fin d'une série de documents
en couleur

(TYPOGRAPHIE)

www.ingramcontent.com/pod-product-compliance
Ingram Content Group UK Ltd.
Pitfield, Milton Keynes, MK11 3LW, UK
UKHW020437230726
13925UKWH00004B/1745